U0052683

兒童文學叢書
・文學家系列・

震撼舞臺的人

戲說莎士比亞

姚嘉為／著　　周靖龍／繪

三民書局

國家圖書館出版品預行編目資料

震撼舞臺的人:戲說莎士比亞 / 姚嘉為著;周靖龍繪.－
－初版三刷.－－臺北市:三民,2018
面;　　公分.－－(兒童文學叢書・文學家系列)

ISBN 978–957–14–2835–2　(精裝)

859.6　　　　　　　　　　　　　　　87005625

© 震撼舞臺的人
—— 戲說莎士比亞

著 作 人　　姚嘉為
繪　　者　　周靖龍
發 行 人　　劉振強
著作財產權人　三民書局股份有限公司
發 行 所　　三民書局股份有限公司
　　　　　　地址　臺北市復興北路386號
　　　　　　電話　(02)25006600
　　　　　　郵撥帳號　0009998–5
門 市 部　　(復北店)臺北市復興北路386號
　　　　　　(重南店)臺北市重慶南路一段61號
出版日期　　初版一刷　1999年2月
　　　　　　初版三刷　2018年4月修正
編　　號　　S 853871

行政院新聞局登記證局版臺業字第○二○○號

有著作權・不准侵害

ISBN　978–957–14–2835–2　(精裝)

http://www.sanmin.com.tw　三民網路書店
※本書如有缺頁、破損或裝訂錯誤,請寄回本公司更換。

閱讀之旅
（主編的話）

很早就聽說過藝術大師米開蘭基羅、梵谷、莫內、林布蘭、塞尚等人的名字；也欣賞過文學名家狄更斯、馬克‧吐溫、安徒生、珍‧奧斯汀與莎士比亞的作品。

可是有關他們的童年故事、成長過程、鮮為人知的家居生活，以及如何走上藝術、文學之路的許許多多有趣故事，卻是在主編了這一系列的童書之後，才有了完整的印象，尤其在每一位作者的用心創造與撰寫中，讀之趣味盈然，好像也分享了藝術豐富的創作生命。

為孩子們編書、寫書，一直是我們這一群旅居海外的作者共同的心願，這個心願，終於因為三民書局的劉振強董事長，有意出版一系列全新創作的童書而宿願得償。這也是我們對國內兒童的一點小小奉獻。

西洋文學家與藝術家的故事，以往大多為翻譯作品，而且在文字與內容上，忽略了以孩子為主的趣味性，因此難免艱深枯燥；所以我們決定以生動、活潑的童心童趣，用兒童文學的創作方式，以孩子為本位，輕輕鬆鬆的走入畫家與文豪的真實內在，讓小朋友們在閱讀之旅中，充分享受到藝術與文學的廣闊世界，也拓展了孩子們海闊天空的內在領域，進而能培養出自我的欣賞品味與創作能力。

這一套書的作者們，都和我一樣對兒童文學情有獨鍾，對文學、藝術更是始終懷有熱誠，我們從計畫、設計、撰寫、到出版，歷時兩年多才完成，在這之中，國內國外電傳、聯絡，就有厚厚一大冊，我們的心願卻只有一個——為孩子們寫下有趣味、又有文學性的好書。

當世界越來越多元化、商品化的今天，許多屬於精神層面的內涵，逐漸在消失、退隱。然而，我始終牢記心理學上，人性內在的需求——求安全、溫飽之後更高層面的精神生活。我們是否因為孩子小，就只給與溫飽與安全，而忽略了精神陶冶？文學與美學的豐盈世界，是否

因為速食文化的盛行而消減？這是值得做為父母的我們省思的問題，也是決定寫這一系列童書的用心。

　　我想這也是三民書局不惜成本、不以金錢計較而決心出版此一系列童書的本意。在我們握筆創作的過程中，最常牽動我們心思的動力，就是希望孩子們有一個愉快的閱讀之旅，充滿童心童趣的童年，讓他們除了溫飽安全之外，從小就有豐富的精神食糧，與閱讀的經驗。

　　最令人傲以示人的是，這一套書的作者，全是一時之選，不僅在寫作上經驗豐富，在文學上也學有專精，所以下筆創作，能深入淺出，饒然有趣，真正是老少皆喜，愛不釋手。譬如喻麗清，在散文與詩作上，素有才女之稱，在文壇上更擁有廣大的讀者群；韓秀與吳玲瑤，讀者更不陌生，韓秀博學用功，吳玲瑤幽默筆健，作品廣受歡迎；姚嘉為與王明心，都是外文系出身，對世界文學自然如數家珍，筆下生花；石麗東是新聞系高材生，收集資料豐富而翔實；李民安擅寫少年文學，雖然柯南·道爾非世界文豪，但福爾摩斯的偵探故事，怎能錯過？由她寫來更加懸疑如謎，趣味生動。從收集資料到撰寫成書，每一位作者的投入，都是心血的結晶，我衷心感謝。由這一群對文學又懂又愛的人來執筆寫文學大師的故事，不僅小朋友，我這個「老」朋友也讀之百遍從不厭倦。我真正感謝她們不惜時間、心血，投入為孩子寫作的行列，所以當她們對我「撒嬌」：「哇！比博士論文花的時間還多」時，我絕對相信，也更加由衷感謝，不僅為孩子，也為像我一樣喜歡文學的大孩子們，可以欣賞到如此圖文並茂，又生動有趣的童書欣喜。當然，如果沒有三民書局的支持、用心仔細的編輯，這一套書是無法以如此完美的面貌出現的。

　　讓我們一起——老老小小共同享受閱讀之樂、文學藝術之美，也與孩子們一起留下美好的閱讀記憶。

作者的話

記得我在臺大外文系三年級念書的時候，要念許多大部頭的英文書，其中最厚最重的一本是《莎士比亞》，常常捧得我手臂痠疼，因為那是莎士比亞全部的劇作，共三十七部！那本書不僅重，而且難念，全是中古時代的英文，要靠看註解才能體會幾分，每逢考試，那滋味真是苦不堪言。

當時教莎士比亞的教授是一位愛爾蘭籍的神父，他喜歡在講臺上踱來踱去，用舞臺劇演員的腔調念《莎士比亞》，這多少增加了一些戲劇臨場感，可以抓住我們的注意力。一年下來，我們只念了四個劇本。由於都是我們熟知的故事，靠著半猜半查字典，倒也學了些東西。雖然一知半解，但多少體會到一些莎士比亞戲劇的生動與豐富、人物角色的內心曲折、對話的活潑機智，而為之動容。

這也許是為什麼後來每逢有莎士比亞戲劇演出，不管是英文的，還是中文的，我總是被吸引著前去觀賞。隨著年齡的增長，體會每有不同，不由得讚嘆，不朽的作品真是經得起考驗，可以超越時空和文化語言，打動人心。

這麼多年後，也是基於同樣的激賞，我希望用淺顯的中文把這位西方最偉大的戲劇家介紹給小朋友，讓他們不但能欣賞這些想像力豐富的精彩故事，更能在故事之外，在心中埋下一粒種子，啟動日

後對人生的體會和思考，對人性的了解與寬容。

在寫莎士比亞的生平時，我有一個有趣的發現：莎士比亞的不朽是「無心插柳柳成蔭」的結果，並不是他設定的目標。為了生活，他從鄉下到城裡找工作，機緣湊巧走上戲劇這一行。由於外在環境對戲劇的需求量增加，使他必須努力寫劇本，因此開發了他驚人的寫作潛力。他無心追求不朽，也可以從他死後，作品才由朋友結集成冊得到印證。他工作時目標只有一個，就是抓住觀眾的心，觀眾不來看戲，戲院就維持不下去了。所以他用心營造氣氛，使對話生動、人物栩栩如生、劇情曲折懸疑，一切順著人性自然發展，反而比賣弄學問的作品成功感人。

有遠大的志向是好的，但成功卻在於把握機會，辛勤耕耘。

姚嘉為

震撼舞臺的人

莎士比亞

William Shakespeare

1564~1616

莎士比亞是誰？

你看過電影《王子復仇記》嗎？憂鬱的丹麥王子，穿著黑色的衣服，拿著寶劍，假裝瘋癲，天天想著要為父王報仇？或許你聽過羅密歐與茱麗葉的殉情故事？一對少年男女，一見鍾情，卻因為家族的敵對和命運的捉弄，陰錯陽差的死去？你說不定知道羅馬的凱撒大帝死於朋友之手？羅馬的大將安東尼和埃及豔后克莉奧佩脫拉的愛情悲劇？

你或許也聽過這些名句：「弱者，你的名字是女人」、「上帝給了你一張臉，你又造了另一張臉」、「世界是一座舞臺」、「懦夫在真正死亡以前，已經死過很多次了」；聽到孟德爾頌作的〈婚禮進行曲〉，你可知道靈感來自一齣名劇《仲夏夜之夢》？

如果是這樣，那麼你已經接觸過莎士比亞了！

威廉·莎士比亞大概是西方最偉

震撼舞臺的人

大的劇作家兼詩人，他生於十六世紀的英國，在他短短的五十二年生命當中所寫的三十七部劇本，無論悲劇、喜劇，還是歷史劇，不僅深受當時英國各階層人士歡迎，幾百年來，更不斷被全世界各個國家翻譯成當地的語言，搬上舞臺、電影、電視，風靡千千萬萬不同世代，不同文化、國情的觀眾，真是永垂不朽。

　　像這樣一位偉大的作家，他的童年應該是多彩多姿的吧！可是，他的生平資料卻出乎意外的少。雖然全世界的學者研究莎士比亞的論文很多，但大都是分析解釋他的作品，所以我們對他的童年、成名以前的生活所知不多。十六世紀的英國對於跟政治、教會無關的資料非常不重視，編劇和演員也不是一個受人尊重的職業，沒有人會想到為他們寫傳記。現在我們所知有關莎士比亞的生平，還是靠聰明的學者根據教堂的文件、商業往來的收據、報紙上稀少的報導，參考當時的社會、文化、風俗，考據研究而成的。

譬如說，莎士比亞生於一五六四年四月二十三日，是根據他在教堂受洗十天後的紀錄，他受洗的日子是四月二十六日，照當時的習俗，嬰兒出生三日後到教堂受洗，所以推想他的生日是四月二十三日。

他出生在倫敦西北一百二十公里的小市鎮史特拉福，這個小鎮如今是觀光勝地，全世界各地的觀光客專程到這裡，尋找當年莎翁的蛛絲馬跡。史特拉福的市民有這樣一位光照宇宙萬代的鄉親，怎能不引以為榮呢？難怪每年四月二十三日、莎士比亞的生日那天，他們都要大大慶祝一番，列隊遊行經過莎士比亞的故居、童年去的小教堂和小學。

但是在莎士比亞時代，史特拉福的人口只有兩千人，大部分的人從事農耕、染織、磨房、皮革等行業，民風純樸。莎士比亞出生的住宅是典型的英國中古時代建築，有兩層樓，絳紅的屋瓦、尖尖的閣樓、堅實光滑的木板地，可以推想他的家境不錯。父親約翰早年從事皮革、手套生意，大概相當成功，在地方上也非常活躍，一度還當過市長；母漸漸走入政壇，一度還當過市長；母

親瑪麗出身農家，是天主教徒。他們一共生了八個兒女，威廉・莎士比亞排行老三。

　　小威廉七歲的時候，就像當地中上階級人家的子弟一般，進入最好的小學念書。學校的課業很繁重，一天上課九小時，每年只有短暫的假期可以喘口氣。戴著高高的紳士呢帽、嚴肅不苟言笑的老師們都是著名學府牛津大學的畢業生。別看他們有的年紀很輕，教學可一點也不含糊，每天用那牛津腔的正統英文，督促學生學習拉丁文，學習不認真的，還要打手心呢！拉丁文是當時從事醫學、法律、

宗教必修的語言，他們閱讀古羅馬的文學名著，如西賽羅、威吉爾、普羅塔斯的作品等。這些早年奠定的文學基礎，對於莎士比亞以後的創作影響深遠。這所小學，從一四一七年創辦至今，已接近六百年，仍然照常招收學生上課，真是難得。

家鄉的風土人情對莎士比亞未來寫作生涯也有深刻的影響。史特拉福小鎮四周環境幽美，有蓊鬱的草原叢樹，溪流蜿蜒而過。純樸的鄉親日出而作，日落而息，充滿田園的寧靜。課餘之暇，小威廉想必常在這裡流連玩耍，所以後來他寫出許多歌頌大自然的美麗詩篇，他不僅是偉大的劇作家，也是一位很有才華的詩人呢！

小鎮也有熱鬧的時候，因為靠近倫敦，史特拉福一年舉辦兩次大規模的市集，這時候，南來北往的客商、雜耍賣藝的團體，絡繹不絕來到，帶來蓬勃歡樂的氣氛。小威廉和兄弟姐妹們穿梭人群中，吃零嘴、看雜耍、聽說書，而四處巡迴演出來到這裡的戲班子，更為他們揭開了一個充滿吸引力的戲劇世界。

莎士比亞很早就成家了，那一年

7

他才十八歲，跟一個比他年長八歲的
女子安海薇結婚，第二年他就做了父
親。他有兩個女兒、一個兒子，其中
一子一女為雙胞胎。這段期間他的父
親因債務糾紛，不得不從政壇退出，
家境大不如前。有人猜測威廉因此離
開家鄉的父母妻小到倫敦謀生。

② 從頭說戲劇

中古時期的倫敦是個新舊雜陳，充滿著強烈對比的城市：既有皇室貴族穿梭的上流社會，也有罪犯宵小出沒的下層社會。狹窄的街道小巷有賣花女清亮的歌聲，充滿了詩情畫意；

但也冷不防有人從窗戶中把垃圾扔到街上；有時繁華熱鬧，天天都有人從外地遷入；有時瘟疫流行，人人紛紛逃出城去。城南邊的泰晤士河上，天鵝優哉游哉的昂首游著，船隻往來如織，船夫們搖著槳，吆喝著，帶著遊客觀賞倫敦城的風光。有時候女王的皇家遊船，浩浩蕩蕩經過。河上矗立著有名的倫敦橋，橋兩邊密密麻麻蓋滿了高聳的建築和商店。孩童們在石板路上唱著童謠，玩著遊戲：「倫敦橋

垮下來，垮下來……」

當時的英國由女王伊麗莎白一世統治，她是歷史上有名的英明君主。在她的領導下，英國對外戰勝了西班牙，國運昌隆，人心振奮。她一生沒有結婚，最喜歡的娛樂就是看戲，經常找劇團到皇宮中演出，社會上從王公貴族到一般老百姓都開始追求娛樂消遣。

王宮所在地倫敦，既是英國的首都，也是政治、經濟、文化的中心，更是世界的商業中心，因此吸引了各地的人才前來尋找更好的發展機會，這些人包括音樂家、藝術家、作家、教師和學生。莎士比亞到倫敦以後，認識了這些人，學到了許多書本以外的知識，他的視野變寬了，思想敏銳了，生活經驗豐富了，機會也隨之而來。

談到這裡，我們來看看戲劇和戲院是怎麼來的吧！

你愛看戲嗎？你愛看哪一種戲？歌仔戲、木偶戲、話劇、音樂劇、平劇、電視單元劇、連續劇還是電影？在幾十年前電視、電影還不普及，一

般人最大的娛樂就是看戲與聽戲了。

鄉下地方有野臺戲、皮影戲、說書的，他們到處巡迴表演，只需找個空曠的晒穀場，修剪過的草地，棚子一搭，擺上簡單的道具，可能只是一張桌子、一把椅子，演員抹上濃妝、穿上古裝；一把胡琴、一面大鼓、兩根竹梆子，就那麼熱熱鬧鬧演出古往今來的多少悲歡離合、忠孝節義。

幾百年以前，西方的戲劇也是這樣的。最早是吟遊詩人走過大大小小的城鄉村鎮，於談談唱唱中述說古代的傳奇，像圓桌武士啦、羅賓漢啦等等。十六世紀以前保守的英國，戲劇是因為宗教而產生的，由於一般民眾

莎士比亞

沒有機會進學校受教育，不懂得拉丁文，教會就想出用默劇的方法，以簡單的手勢表演基督的故事。這樣的表演雖然沒有對話，但卻比枯燥的講道生動多了，民眾都喜歡得不得了，紛紛來上教堂。漸漸教堂裡坐不下了，就移到教堂外的廣場或大街上。也有外地的人聽說了，老遠趕來看戲，為了讓更多外地的人也有機會觀賞，演員們開始坐著車子到各地巡迴演出。

他們從一地漂泊到另一地，沒有固定的表演場所，有時候在王宮貴族家中，有時候在市場旁邊，收入靠人賞錢，非常不穩定。後來他們開始在旅館客店中表演，觀眾須付錢才能入場看表演，收入比較多了，開始有人專門以演戲為職業。但是旅館的租金昂貴，於是才有人想到，為什麼不蓋一間大房子專門演戲呢？這就是戲院的起源。

一五七六年，英國人詹姆·柏貝吉就是這麼想的，他是一個舞臺劇製作人，沒有足夠的錢蓋一座劇院，但是他實在太愛戲劇，太希望實現這個夢想了。他向人家借錢在倫敦郊外，租了一大片空地，蓋成了英國第一個供大眾看戲的劇場，取的名字簡單乾脆，就叫做「戲院」。

這個戲院是圓形的，與我們現代的劇場很不一樣，最不同的一點是，它是露天的。這表示天黑了就不能演戲，下雨天不能演戲，下雪的冬天更不能演戲，而夏天日正當中，看戲的滋味恐怕也不大好受！

戲院最裡頭是一座長方形舞臺，舞臺前方延伸到盡頭就是樂隊演奏的地方。舞臺上方則環繞著兩三層有屋頂的長廊，觀眾可以坐在長廊或站在舞臺四周的空地上看戲。舞臺非常簡單，沒有燈光，沒有布景，也沒有帷幕，唯一特出的是，後面有一個凹進去的小房間，兩端有出口，依照劇情的需要，可用來當臥室或囚室。小房間上方有陽臺，陽臺後面有隱蔽的門，戲中的妖魔神怪可以在這裡神出鬼沒。

　　進場的基本門票是一先令，進來的觀眾可以站在空地上看戲；付二先令的可在有遮蔭的長廊上看戲，而且有硬板凳可坐；付三先令的，不但有硬板凳可坐，還加了個柔軟的坐墊；付四先令的就更神氣了，可以坐到舞臺上，把演員看個一清二楚，伸出手恐怕就可以碰到演員了呢！

　　沒有人知道莎士比亞是什麼時候到倫敦的，又是怎麼進入戲劇界的。

有人猜想，他大概是找到在戲院收門票的工作，後來認識了柏貝吉父子三人，開始當起小演員來。後代的人因為莎士比亞的劇本偉大，而忘了他也是一位演員。他不但是一位好演員，而且一輩子都沒停止過演戲，直到退休為止。

當舞臺劇演員可不是一件輕鬆容易的事，既要有很好的記憶力，還要多才多藝，會唱歌、會跳舞、會玩一兩樣樂器，至於強健的身體更是不可少！想想看，那麼多臺詞，需要背得滾瓜爛熟，而且同一個時期，一個演員要演好幾齣戲，必須背幾套臺詞，沒有過人的記憶力，是不行的！劇中

震撼舞臺的人

常有打鬥的場面，需要從高處跳下，從平地躍起，一邊跑一邊鬥劍，體力不支就要鬧笑話了。舞臺不大，上面還坐著付了四先令的觀眾，演員伸出手，一不小心就會碰到觀眾，在這樣狹窄的舞臺上，這樣的近距離下，演員一定要演得逼真，才讓人覺得值回票價。

　　莎士比亞是怎麼開始編劇的？由於倫敦的戲院生意興隆，加上還要到外地巡迴演出，劇團平均每兩星期就要推出一部新戲，在這種情形下，常需要很多新劇本。買來的劇本不一定適合舞臺演出，必須找人改寫，有能力改寫的人不多，因為他必須熟悉舞臺劇的演出與製作。在這種情形下，當時是演員的莎士比亞參與修改劇本的工作，似乎是很自然的事。這也說明了為什麼他寫的劇本常常取材於別人的作品，這是當時的環境及需要使然。他出眾的才華使得原本枯燥的題材，不論是歷史、敘事詩、小說，經過他改寫後，角色都像真有其人似的鮮活，對話機智幽默，情節多變化，看來倍感親切。

初露頭角

一五九二年，莎士比亞二十八歲時，他已經是倫敦戲劇界的名人。後人知道這回事，還得感謝當時一位學術界的作家羅柏格林。

莎士比亞成名以前，舞臺劇的劇本主要是學術界的作家寫的。學院派講究章法，題材不能講荒誕不經的神怪，不能演出暴力場面，他們喜歡炫耀才學，用字多半古雅艱深，夾雜拉丁文，和一般老百姓的趣味有距離。莎士比亞寫的舞臺劇，完全不符合學院派的規矩，卻大為轟動，不免讓學院派的作家納悶，莎士比亞的劇本接二連三的成功，簡直威脅到他們的尊嚴了！所以羅柏格林寫了一封信，抨擊當時的劇院老闆、演員和作家，說他們自以為可以與學院派作家同等地位。他酸溜溜的套用莎士比亞在「亨利四世」中的句子來諷刺他:「有一隻烏鴉，在演員的外表下，包藏著一顆

18

老虎的心，以為他寫的無韻詩，比得上學術界，他還自以為是唯一震撼全國舞臺的人。」

　　這封信在他死後被人發表，莎士比亞看了非常不高興，他向朋友們抱怨，話傳到發表這封信的編輯耳中，他立刻特別刊登一篇文章道歉，讚揚莎士比亞是一個誠實優秀的作家。由此可見，莎士比亞已經是頗受重視的劇作家了。

　　「亨利四世」是莎士比亞九部歷史劇之一。這齣戲主要是講英王理查二世被謀殺以後，亨利四世宮廷中的軼事。然而這齣戲最成功的地方卻是他創造了有名的喜劇人物福司塔。福司塔是宮中的一位王武士，他陪伴在王子身邊，常常出些主意，做些荒唐怪的事。他長得胖嘟嘟的，前額光秃，

型醜的福司塔，撒謊、玩世不恭，他說的話似是而非，滿場百人提出，觀眾特別想到，還是福司塔。他不愧是一位愛吹牛、愛酗酒、愛幽默，很風趣而又被觀眾笑的小丑人物。幾百年來，一般人一提到戲劇中最令人刻劃、立刻想到的，就是福司塔。

一五九二年的秋天，倫敦城裡瘟疫流行，病死了十分之一的民眾，政府怕傳染，下令關閉戲院。這次瘟疫關門長達三年，莎士比亞有充裕的時間寫作，「馴悍

記」就是這時寫的喜劇，故事是敘述一個年輕聰明的義大利紳士彼特如何追求美麗而凶悍的凱薩琳。在結婚前後，他用各種方法治她，經過許多有趣的爭鬧，凱薩琳終於服服貼貼成為溫順的妻子。

這三年中，他也寫了兩首長篇優美的敘事詩，章法、押韻完全符合學院派的規矩，備受文學界的好評。可是他並沒有朝寫詩的方向發展，仍然集中精力寫劇本，由此可見編劇是他最有興趣、最能發揮才華的事。

一五九四年，瘟疫終於過去了，戲院又重新開張，莎士比亞也積足了錢，成為「侍從長的人馬」的股東之一。什麼是「侍從長的人馬」呢？這是劇團的名字。當時的英國人雖然愛看戲，但是勢力龐大的清教徒卻認為戲劇中的謀殺、爭鬥、巫術，傷風敗俗，常常對劇團施壓，而政府對於戲劇工作者並不十分尊重，也常會干預劇本內容，動輒下令停演。為了生存發展，這些劇團就找一位王室貴戚擔任名義上的監護人。一方面可以藉著他的關係，到上流社會表演，增加知名度，一方面也可以減少政府的干

預。瘟疫之後，劇團只剩下兩家，除了「侍從長的人馬」，還有「海軍上將的人馬」。

「侍從長的人馬」的監護人是當時在皇宮擔任侍從長的杭士敦公爵，公爵死後，他的兒子繼任侍從長，也繼續擔任他們的監護人。除了莎士比亞以外，其他的股東還有著名的悲劇演員李察‧柏貝吉（他就是創辦英國第一個大眾劇院的詹姆‧柏貝吉的兒子）、有名的小丑威爾‧坎普，和後來整理、出版《莎士比亞全集》的約翰‧漢明斯及亨利‧康岱爾。

「侍從長的人馬」提供莎士比亞的不僅是不錯的收入，還讓他充分發展他的才華，編劇、演戲以外，也製作舞臺劇。幾年內，他創作豐富，寫了喜劇《仲夏夜之夢》、悲劇《羅密歐與茱麗葉》，及歷史劇《理查二世》等，引起女王伊麗莎白一世的注意。一五九五年「侍從長的人馬」還曾到王宮為女王表演。

殉情記、
仲夏夜之夢

比莎
亞士

世界上最有名的殉情故事《羅密歐與茱麗葉》是莎士比亞根據一位英國詩人的詩作改編而成。故事是說義大利的一對十幾歲的男女，不幸分別屬於當地兩個勢不兩立的家族。有一天，他們在舞會中相遇，一見鍾情，第二天就在勞倫斯神父的證婚下，瞞著家人結婚了。

23

從婚禮中出來，羅密歐遭到茱麗葉表哥的挑戰，在一場混戰中，他的好友被殺死，羅密歐也失手殺死了茱麗葉的表哥，他不得不逃出城去。

但是茱麗葉的父親不知道她已經結婚，要茱麗葉和表哥伯里斯結婚，勞倫斯神父為了幫助茱麗葉，讓她服下一種特別的藥。吃了這種藥的人看來像死去一般，不過四十二小時後又會甦醒。神父派了一個信差去告訴羅密歐真相，不巧信差在路上耽擱了。羅密歐這時已經得知茱麗葉死了，他悲痛的趕回來，在茱麗葉的身旁，服毒自殺。等到茱麗葉轉醒過來，看到羅密歐死去，她痛不欲生，拿起匕首自殺而死。

這一對年輕愛侶的殉情震驚了兩個敵對的家族，他們發現過去的仇恨是多麼自私殘忍，在血的洗禮下，他們決定不再敵對下去。

莎士比亞成功的刻畫塑造了劇中的人物，內容充滿了詩般的情懷，以及對年輕人的了解同情，難怪這齣戲流傳百代，超越國界，一直感動著千千萬萬的人。

《仲夏夜之夢》則是莎士比亞最

他用兩對情中仙侶、一群粗俗天真的工匠，及仙王仙后穿插交織於森林及森林中，用充滿趣味的喜劇，為世人創造了一個如夢如幻又知曉的一齣喜劇。到了十八世紀，德國的大音樂家孟德爾頌還為這齣戲譜寫了交響曲，其中的〈婚禮進行曲〉，常在西洋人的婚禮中演奏。它的故事是這樣的：

希臘雅典城裡，大家正為將在七月仲夏夜舉行的特修斯公爵的婚禮忙碌著。兩對年輕人在森林裡迷失了，他們的關係是這樣的：海麗娜愛上狄米特，但是狄米特愛的是赫米亞，並已得到她父親的同意娶她為妻。赫米亞卻和拉桑德相愛，決定私奔，因此就到森林裡來了。

森林是仙王的國度，他不小心聽見了海麗娜的心聲，決定助她一臂之力。他叫愛惡作劇的波克把魔術藥水滴到狄米特的眼睛中，讓他一睜眼看到海麗娜，就會愛上她。可是波克錯認拉桑德為狄米特，結果拉桑德愛上海麗娜，波克發現眼人弄錯了，又將藥水滴在狄米特眼中，結果他也愛上海麗娜，兩為了她，幾乎要決鬥，赫米亞卻沒

人錯陽差了！仙王叫波克趕快糾正這些陰愛陽差，他們才找到相愛的對象。

在這同時，仙王仙后也在爭吵，仙王生氣了，他叫波克把藥水滴在仙后眼中，讓她一睜眼就愛上看到的第一個人。這時候剛好一群土氣又傻氣的工人走到森林中，為婚禮中的表演排練。為了處罰仙后，波克把織工布登變成驢子頭，讓仙后一張眼就見到驢頭布登，而且瘋狂的愛上他。後來仙王覺得處罰得夠了，就解除了仙后的魔咒，和她和好如初。

最後，兩對年輕人赫米亞與拉桑德，海麗娜與狄米特也在公爵的婚禮中同時結婚，皆大歡喜。

莎士比亞喜歡在劇中穿插仙人、女巫、精靈和小丑等，以提高觀眾的興趣。因為看戲的觀眾，三教九流不等，站在舞臺四周看戲，四處走動，和人交談，加上日晒雨淋，汗水、各種氣味雜陳，鬧哄哄的，因此他穿插喜劇人物，使用雙關語，臺詞押韻，不僅聽來悅耳，又容易抓住觀眾的注意力。當時的英國人非常迷信巫術，因此他又創造精靈、女巫、鬼魂等角色，形成了莎士比亞戲劇的特色。

一五九六年，他寫了歷史劇《約翰王》及喜劇《威尼斯商人》，受到觀眾熱烈的歡迎。

《威尼斯商人》是一齣依據義大利作品改編而成的喜劇，故事的大意是：

從前在義大利威尼斯，有一個叫安東尼的年輕商人，他為了幫助他的朋友巴薩尼，向猶太商人夏洛克借了三千塊金幣。安東尼曾經向夏洛克保

震撼舞臺的人

證，如果三個月內無法還債，他會割下自己的一磅肉來償還。三個月時間到了，安東尼無法還出錢來，夏洛克要他實踐諾言，割下一磅肉來還債。

這時候，巴薩尼追到了一位美麗聰明的女子包西雅，兩人結了婚。包西雅想出了一個計謀來拯救安東尼，當夏洛克到了法院，她假扮成一位有學問的律師，向夏洛克曉以大義，要他放過安東尼，但是夏洛克不答應。

包西雅警告他，他割安東尼的肉時，不能讓安東尼流下一滴血，因為當初的條件是割肉，並不包括血。如果他割肉時沾到任何血，他就算輸了。夏洛克只好放棄，安東尼總算逃過這一場厄運。

你也許想不到，當時扮演茱麗葉和包西雅的都是男孩子呢！十六世紀時，女人是不准拋頭露面演戲的，所以女人都由十幾歲、還沒有變音的小男孩反串。有趣的是，十幾歲的男孩子正在發育，會一下子長得飛快，有時候比男主角還高，男孩子變聲時，常常會冒出一些像鴨子叫的怪音，觀眾就捧腹大笑，十分滑稽。

儘管莎士比亞的事業已越來越成功，但他卻沒有家庭生活可言，家人遠在史特拉福，他獨自一人在倫敦租房子，住在劇團附近，每年夏天才回家一趟。不幸的是，就在一五九六這一年，他唯一的兒子死去，只有十一歲。

震撼舞臺的人

5 四大悲劇

一五九七年，他們長期演出的劇院租地的合約到期了，地是租來的，但劇院的建築材料是自己的，於是他們把劇院的木頭拆下，運到泰晤士河南邊，另外蓋起一座劇院來。一五九九年，這座露天的劇院完工了，取名為「環球劇院」，這是莎士比亞和他的六位同事合夥的事業，為當時最大的戲院之一，可以容納三千人。

一五九九年到一六〇八年，是莎士比亞創作最豐富的時期，他的文字技巧更純熟，對人性的了解更深刻，他的四大悲劇《哈姆雷特》、《奧賽羅》、《馬克白》、《李爾王》都在這個時期完成，其他著名的作品還有《凱撒大帝》、《稱心如意》、《亨利五世》、《第十二夜》及《安東尼和埃及豔后》。

四大悲劇是悲劇中的傑作，莎士比亞相信悲劇都是性格上的缺點造成

的。不論是王子、將軍、國王、政治家，他們都是人，不是神。由於性格上的缺點，譬如：哈姆雷特的猶疑不定，馬克白的野心，奧賽羅的嫉妒，李爾王的虛榮心，加上命運及環境的捉弄，而造成悲慘的結局。我們看了這些悲劇，心中都會想，人沒有完美的，世界上的事也是難以預料的，因而對這些人產生同情，對人生有一些領悟，這就是悲劇的力量。

一六〇一年，他完成了著名的悲劇《哈姆雷特》，題材取自一位英國作家的作品，並參考法國作家寫的悲劇。故事是這樣的：

自從丹麥國王去世以後，王子哈姆雷特就鬱鬱寡歡，他想不通為什麼母親這麼快就改嫁給現在的國王，他的叔叔克勞狄斯。有一天，父王的鬼魂顯靈，並告訴他，叔叔是殺父仇人，要他報仇。

哈姆雷特不能確定是否應該相信鬼魂，但是他又非常自責沒能替父親報仇，心中交戰不已。為了避免叔叔起疑，

他他團在弟取的叔叔戲失座證疑有卻沒為

假找來，果弟王故看，果色。哈了，實團罪坐有失為父報

裝來演個國園謀位事到這然倉姆心叔，良死叔死仇

癲一出中被殺和王當一大惶雷特中叔叔，但機叔叔

。劇王親奪后叔齣驚離特的是他，叔叔

有一天，特發面聽刺想到中涅姆后後偷劍想到宮洛著拔沒了波

去見現人他進竟的斯躲死臣他去殺老，

剧王親奪后叔齣驚離特的是他，叔叔

36

震撼舞臺的人

是奧菲莉的父親，而奧菲莉曾是哈姆雷特的女朋友。

叔叔藉口哈姆雷特殺了人，就把他送上往英格蘭的船隻，並悄悄差人帶信給英格蘭國王，要他等船隻上岸後，立刻殺死哈姆雷特。但是哈姆雷特卻轉危為安，返回丹麥。

他回到丹麥時，正好碰上奧菲莉的葬禮，原來自從她父親死後，奧菲莉就發瘋了，最後失足溺水而死。她的哥哥雷歐提斯專程從英國趕回來，他認為父親與妹妹的死，都是哈姆雷特造成的。

陰狠的叔叔準備借刀殺人，他舉辦一次鬥劍比賽，在雷歐提斯的劍上塗了毒藥。雷歐提斯的劍刺傷了哈姆雷特，也刺傷了自己。在觀賽時，皇后不小

心喝下一杯叔叔為哈姆雷特準備的毒酒而喪命。哈姆雷特在死前，終於殺死了叔叔，為父親報仇。最後哈姆雷特、叔叔、雷歐提斯及皇后全都同歸於盡。

哈姆雷特的悲劇性格，在於他憂

鬱、多慮、猶疑不決，延誤了報仇的時機。戲中有很多獨白，表示他內心不停的交戰，非常不容易表演，是世界上著名的演員爭相飾演的角色。近代最有名的是英國的勞倫斯‧奧立佛爵士，他演過無數名劇，但哈姆雷特使他不朽。

莎士比亞劇本的寫法深受當時舞臺限制的影響。因為沒有布景，所以觀眾看不出場景改變，莎士比亞必須在演員的對話中交代地點的改變；還有沒有幕簾，中間不能落幕以代表一個段落，戲必須不停的演下去。像我們中國的平劇一樣，他們用的道具有限而且簡陋，如桌、椅、床、劍、樹木，觀眾必須憑藉想像來欣賞。不過他們的戲服非常光鮮，又有樂團現場伴奏，戲劇效果仍然很好。

一六○四年，悲劇《奧賽羅》問世了，題材來自一位義大利作家的作品：

奧賽羅是個了不起的軍人，他是摩爾人（即北非人），膚色黧黑，驍勇善戰，戰功彪炳，後來成為威尼斯

震撼舞臺的人

的將軍。他娶了威尼斯一個比他年輕許多的美麗女子狄蒙娜為妻。結婚不久後，他就被派到賽浦路斯去，狄蒙娜隨後也跟了去。

有個嫉妒他的小人伊阿古想陷害他，於是造謠說，狄蒙娜不忠於丈夫奧賽羅，和他的部下凱西有婚外情。

奧賽羅非常愛他的妻子，他的妻子也非常愛他，但奧賽羅有個最大的弱點，被伊阿古看穿了而加以利用。他對於自己是黑人，妻子是白人，自己比妻子年紀大許多，感到自卑，常

怕會因此失去她。他果然受到謠言的影響，懷疑妻子不忠，經不起伊阿古不斷的繪聲繪影，把他的嫉妒之火煽得旺極了，他失去理智，殺死了狄蒙娜。

後來他發現了事實真相，悔恨交加，人生還有什麼意義呢？最後，奧賽羅終於自殺而死。謠言是多麼容易腐蝕人心，一個英雄就這樣被嫉妒、疑心毀滅了，正是所謂「英雄氣短，兒女情長」。

莎士比亞編劇的另一特色就是：根據演員的戲路來創造角色，因為他和劇團中其他的演員都是朝夕相處的好朋友。譬如說，寫哈姆雷特、奧賽羅、李爾王這些角色時，他想到的是劇團的悲劇演員柏貝吉；《仲夏夜之夢》的喜劇角色，變成驢頭的布登，是根據當時劇團的喜劇演員威爾‧坎普的戲路而寫的，後來坎普離開了，換了另一位喜劇演員，《稱心如意》中的喜劇風格就不一樣了。另外，當時的劇院規定，每一齣新戲都要讓劇團中每一位主要演員上場，這就是為

什麼在悲劇中也有喜劇場面出現。

在這段期間，「侍從長的人馬」漸漸遇到競爭，從教堂詩班演變出來的兒童劇開始風行，他們多半在小型室內劇院演出；同時，因為過於激烈的戲不適宜兒童演出，另一種諷世意味的戲劇出現了，環球劇院的生意便大不如從前。

伊麗莎白一世去世後，蘇格蘭的詹姆一世入主英格蘭，他的戲癮比女王還大，「侍從長的人馬」成為唯一到宮廷表演的劇團，因此又被稱為「國王的人馬」。

一六〇五年，莎士比亞完成悲劇《李爾王》。《李爾王》是根據幾位英國作家的作品改編而成，故事大意是這樣的：

李爾王年紀大了，希望把江山分給三個女兒。他要她們告訴他有多麼愛他，大女兒、二女兒都說了最好聽的話，只有小女兒柯蒂莉亞不願說，她認為平日對父親的愛就是最好的表白，但是李爾王生氣了。在震怒中，他不但不給她三分之一的江山，還把她驅逐出境。他也把一位忠心的臣子

　　《李爾王》中王現是
的人物，像李爾王，發是
和葛羅伯爵，發現錯誤，但已經太晚了，
令人惋惜感嘆。

　　一六〇六年，莎士比亞完成悲劇《馬克白》。故事的背景是蘇格蘭，他的場遇她會格也柯蘇貴族同伴回家，馬克白和班柯在路上，遇到三個女巫，馬克白伯爵蘇格蘭，她們預言封會成為王，然後國時後代蘭同的格蘭王。她們預言班柯為然蘭同時後代蘭會成為王。

　　第一個預言很快就應驗了，在路上，國王喜考使者馬克白前來報喜受封為

是第一個，還是第二個呢？

麥克白野心勃勃，鄧肯王在國中賜封他為考特爵。他的第一個預言果真實現了，那麼第二個呢？

他的妻子馬克白夫人是個好強的女人，她不斷慫恿丈夫殺死國王。麥克白猶豫不決，但禁不住妻子的煽動，殺死了國王，篡奪王位。

麥克白疑神疑鬼，擔心班柯的後代子孫會取代他的王位，便起了殺害班柯父子的念頭。班柯被殺死，但他的兒子弗里恩斯卻逃走了。

從此，王子馬爾康逃往英格蘭討伐麥克白。麥克白終被殺死，天下太平。

殺死了驍勇善戰的貴族大將麥輔的妻兒，因為麥輔在國王被殺後也逃往英格蘭。麥輔在悲痛之中，召集軍隊，對抗馬克白。這時候，馬克白夫人因為良心不安，夜裡不能入睡，最後自殺而死。馬克白也被擊敗，死在麥輔的劍下，王子馬爾康成為國王。

　　《馬克白》說的是良心與野心的故事。如果馬克白不是野心勃勃，他不會犯下殺君之罪，為了鞏固自己不正當得來的王位，他失去良心，殺人如麻。他的妻子後來卻因良心發現，受不住煎熬，發瘋自殺而死。做虧心事，遭到天譴，這是古今中外都相信的道理。

6 回鄉安度晚年

　　莎士比亞以他縱橫的天才，平均每年完成兩個劇本，內容無所不包，有喜劇、悲劇，也有歷史劇；人物有王室將相、村女農夫、騙子扒手、酒鬼、牧羊人、學者等等，真是維妙維肖，趣味橫生；題材更是廣博，涵蓋了音樂、詩歌、狩獵、戰爭、歷史、體育、法律。但他寫歷史劇，並不忠於史實，像《凱撒大帝》就是一個例子。

　　兩千年前，羅馬帝國雄霸天下，凱撒大帝英名蓋世，人民都非常擁戴他。但知識分子中有人憂心凱撒野心太大，恐怕他稱帝後，會危害到民主政治。卡西斯就是其中的代表人物，他前去說服凱撒的好友布魯塔斯，希望得到他的支持，因為他是個高貴而且為人民尊敬的人。經過一番掙扎，布魯塔斯同意參加刺殺凱撒的行動。
　　三月十五日那天，凱撒在國會大

廈前，被一群刺客圍住，刺了二十三刀而倒地長眠。臨死前，他看見布魯塔斯在凶手之中，凱撒震驚也傷心極了。這時候，年輕有為的大將安東尼出現了，他內心誓言為凱撒報仇，外表卻表現冷靜，以免遭殺身之禍，他要求在凱撒的葬禮中演說，布魯塔斯答應了，而且沒有殺他。

葬禮那天，布魯塔斯說：「我愛凱撒，為什麼我殺了他？因為我更愛羅

馬！凱撒是我的朋友，我為他的去世哀泣，他是英雄，我崇拜他，但是他野心太大，所以我殺了他，因為我更愛羅馬！」他說得那麼動人，人們對羅馬的民主政治驕傲極了，立刻原諒了他，而且擁戴他為新的英雄。

接著安東尼演講，他抱著凱撒的屍體上臺，他口口聲聲說「布魯塔斯是個高貴的人」，但是這個高貴的人卻殺死了最好的朋友，只因為好友英

武、偉大、受愛戴。他舉出各種愛凱
撒的理由，煽動著民眾的情緒，他們
又被說服了，覺得刺客們罪該萬死。

於是，民眾暴動了，布魯塔斯和
卡西斯逃出城去，安東尼和其他兩人
組織寡頭政治，治理帝國，
羅馬陷入內戰中。最後
在菲利比戰役，布魯塔
斯戰敗自殺身亡。安東
尼獲勝後嘆息道：「其他
人殺凱撒是出於嫉妒，
只有布魯塔斯是為了人
民，他是一個真正的君子。」

真正的凱撒並不像劇中寫
得那麼貪婪、野心勃勃。他是英雄人
物，讓羅馬帝國雄霸天下，國內實行
民主的代議政治，男女平等，國富民
強。莎士比亞是文學家，不是在寫歷
史，他藉著歷史人物來探討人性，一
個高貴的好友布魯塔斯為什麼要殺死
凱撒？這個問題不僅牽涉到人性的衝
突，還有政治的鬥爭及理想。我們看
了之後，有各種詮釋的可能，讓人震
撼之餘，激發對人生、人性的思考。

一六○七年以後，他回到故鄉的
次數與時間都增多了，那一年，他的

大女兒蘇珊娜嫁給史特拉福的一位醫生，第二年，他們生了一個女兒伊麗莎白。

　　他在一六一一年真正離開倫敦，回到家鄉。不過他並沒有完全停筆，一六一二年，完成了最後的劇本《暴風雨》。一六一三年，環球劇院正在上演莎士比亞的戲劇《亨利八世》，一門大炮走火，射中了戲院的茅草屋頂，戲院被燒毀。不過一年之內，環球劇院就修好重新開放。莎士比亞決定撤出股份，正式離開了戲劇界。

　　莎士比亞退休以後，在家鄉過著悠閒富裕的鄉紳生活，連自命清高的清教徒鄰居對他也另眼相看。他不太參與小鎮的事情，倒是有興趣買房地產投資，當地最豪華的住宅之一就是他的財產。

　　一六一六年二月，他的小女兒裘蒂絲結婚。莎士比亞也快要五十二歲了，他的一生很有成就，作品受到肯定，賺了不少錢，頗有身分地位。四月二十三日，就在他五十二歲生日的那天，這位一代文豪與世長辭。可惜的是他的兒子十一歲早夭，兩個女兒的子女也相繼去世，莎士比亞並沒有

莎士比亞

55

後代子孫。

　　莎士比亞死後七年，他的朋友將他所有的著作收集整理出來，出版了《莎士比亞全集》，這是一件了不起的事，否則莎士比亞那些偉大的劇作與詩篇可能就流失不全了。一代文豪去世了，但他創造的人物，像哈姆雷特、馬克白、李爾王、福司塔、羅密歐等等，歷經時光的流逝，卻永遠鮮活的留在人們心中，帶給人們永恆的感動與啟示。

寫書的人

姚嘉為

　　江西萍鄉人，生於臺中市，臺大外文系學士，明尼蘇達大學大眾傳播碩士，休士頓大學明湖校區電腦碩士。曾任行政院新聞局編譯，現為美國 Chevron 石油公司電腦程式師，並擔任美南華文寫作協會會長。

　　出版有散文集《深情不留白》、《放風箏的手》及譯作《探索內心的世界》。曾為北美《世界日報》撰寫專欄「盡心集」及「海外華人安身立命」系列。近年來作品獲《中央日報》第一屆海外華文創作徵文散文佳作及北美華文作家協會散文徵文首獎。

畫畫的人

周靖龍

　　畢業於復興商工廣設科、臺灣藝術學院美術系的周靖龍，自小塗鴉就是他生活中很重要的一部分，對繪畫深具興趣的他，雖然年紀尚輕，但卻早已立定志向，要全心全意的朝著藝術方向邁進。在本書中，他的個人風格已略見雛形，其中人物造形的變化，是經由他一而再、再而三的修改而成，他的用心和堅持自不在話下。

　　熱愛插畫的他對未來有什麼期許呢？他希望能更創新、再突破，創造出與此部作品完全不同的全新風格，並期盼親愛的大小朋友們，能感受到他的努力，給他支持和鼓勵！

文學家系列

榮獲行政院新聞局第五屆人文類小太陽獎

行政院新聞局第十八次推介中小學生優良課外讀物

文建會「好書大家讀」活動推薦

文建會「好書大家讀」活動1999年度最佳少年兒童讀物獎

～ 帶領孩子親近十位曠世文才的生命故事 ～

每個文學家的一生，都充滿了傳奇……

震撼舞臺的人——戲說**莎士比亞** 姚嘉為著／周靖龍繪

愛跳舞的女文豪——**珍‧奧斯汀**的魅力 石麗東、王明心著／郜　欣、倪　靖繪

醜小鴨變天鵝——童話大師**安徒生** 簡　宛著／翱　子繪

怪異酷天才——神祕小說之父**愛倫坡** 吳玲瑤著／郜　欣、倪　靖繪

尋夢的苦兒——**狄更斯**的黑暗與光明 王明心著／江健文繪

俄羅斯的大橡樹——小說天才**屠格涅夫** 韓　秀著／鄭凱軍、錢繼偉繪

小小知更鳥——**艾爾寇特**與小婦人 王明心著／倪　靖繪

哈雷彗星來了——**馬克‧吐溫**傳奇 王明心著／于紹文繪

解剖大偵探——**柯南‧道爾**vs.福爾摩斯 李民安著／郜　欣、倪　靖繪

軟心腸的狼——命運坎坷的**傑克‧倫敦** 喻麗清著／鄭凱軍、錢繼偉繪

小太陽獎得獎評語

三民書局以兒童文學的創作方式介紹十位著名西洋文學家，
不僅以生動活潑的文筆和用心精製的編輯、繪畫引導兒童進入文學家的生命故事，
而且啟發孩子們欣賞和創造的泉源，值得予以肯定。

選  的你

請跟著**畢卡索、艾雪、安迪・沃荷、手塚治虫、鄧肯、凱迪克、布列松、達利**，在各種藝術領域上大展創意。

選 的你

請跟著**盛田昭夫、7-Eleven創辦家族、大衛・奧格威、密爾頓・赫爾希**，想像引領創新企業的挑戰。

選 的你

請跟著**高第、樂高父子、喬治・伊士曼、史蒂文生、李維・史特勞斯**，體驗創意新設計的樂趣。

選 的你

請跟著**麥克沃特兄弟、格林兄弟、法布爾**，將創思奇想記錄下來，寫出你創意滿滿的故事。

本系列特色：

1. 精選東西方人物，一網打盡全球創意 MAKER。
2. 國內外得獎作者、繪者大集合，聯手打造創意故事。
3. 驚奇的情節，精美的插圖，加上高質感印刷，保證物超所值！

還有！還有！

內附注音，小朋友也能「自・己・讀」！
創意 MAKER 是小朋友的必備創意讀物，
培養孩子創意的最佳選擇！

三民網路書店 會員

獨享好康大放送

書 種 最 齊 全
服 務 最 迅 速

超過百萬種繁、簡體書、原文書 5 折起

通關密碼：A7311

憑通關密碼
登入就送 100 元 e-coupon。
（使用方式請參閱三民網路書店之公告）

生日快樂
生日當月送購書禮金 200 元。
（使用方式請參閱三民網路書店之公告）

好康多多
購書享 3% ～ 6% 紅利積點。
消費滿 350 元超商取書免運費。
電子報通知優惠及新書訊息。

三民網路書店 www.sanmin.com.tw